拉坦塔塔

印度真正的爱国者

Translated to Chinese from the English version of Ratan Tata

德瓦吉特·布扬

Ukiyoto Publishing

所有全球出版权归

浮世绘出版社

2024 年出版

内容版权所有 © Devajit Bhuyan

国际标准书号

ISBN 9789367953723

版权所有。

未经出版商事先许可，不得以任何形式（电子、机械、影印、录音或其他方式）复制、传播或存储本出版物的任何部分。

作者的精神权利已得到维护。

本书出售时须遵守一项条件，即未经出版商事先同意，不得以任何形式的装订或封面（除出版时的形式外）通过贸易或其他方式出借、转售、出租或以其他方式传播。

www.ukiyoto.com

奉献

献给已故的拉坦塔塔和我挚爱的已故妻子米塔利·布扬,她是已故拉坦塔塔及其道德、价值观和正直的忠实崇拜者。

作者

前言

拉坦塔塔，最著名和最受尊敬的工业家、人道主义者和民族主义者，于 86 岁时去世。本书是向这位传奇人物致敬的小小方式，以诗歌的形式悼念他的逝世。一首诗代表人间一年的生活。用几页纸来描述如此伟大的传奇人物是不可能的，但我希望人们能够喜爱并与我一起欣赏拉坦塔塔以及他对印度、世界和人类的贡献。

德瓦吉特·布扬
10.10.2024

内容

1. Ratan Tata，真正的 Bharat Ratna　　1
2. 再见拉坦塔塔　　2
3. 拉坦塔塔，印度真正的爱国者　　3
4. 真正的人，拉坦塔塔　　4
5. 没有什么是永恒的　　5
6. 零余额账户　　6
7. 当我死去的时候　　7
8. 年龄只是一个数字　　8
9. 大公牛　　9
10. 婚姻衰落　　10
11. 婚姻讣告　　11
12. 错误的问题　　12
13. 解决方案在哪里？　　13
14. 我一个人，但并不孤独　　14
15. 忽略消极的人　　15
16. 没有人会八卦你的美德　　16
17. 别担心，世界末日会到来　　17
18. 时空　　18
19. 人类的生活为何充满不确定性？　　19
20. 解释真相和现实　　20
21. 战争将持续下去，直到宗教盲目被治愈　　21
22. 黑暗森林　　22
23. 鸵鸟心态　　23
24. 这个千年　　24
25. 秃鹫　　25

26. 大众的鸦片 … 26
27. 如果你信任政客 … 27
28. 如果你是凡人，那很好 … 28
29. 克服重力和摩擦力 … 29
30. 没有摩擦的生活 … 30
31. 双刃剑 … 31
32. Dosa 与 Samosa … 32
33. 蜻蜓 … 33
34. 暴民暴力 … 34
35. 孟加拉国正在燃烧 … 35
36. 百克很重要 … 36
37. 别担心，即使你不能赢得金牌 … 37
38. 你需要砖块 … 38
39. 什么是自由 … 39
40. Jai Hind … 40
41. 又有一名女孩被强奸 … 41
42. 有趣的启示 … 42
43. 普通人真正幸福的四个象限 … 43
44. 你不喜欢衰老 … 44
45. 每个人都会付出代价 … 45
46. 不奋斗就不会获得自由 … 46
47. 邪教虚假宣传 … 47
48. 教师没有宗教信仰 … 48
49. 教师职业的堕落 … 49
50. 教师的慈善行为也始于家庭 … 50
51. 甘地告诉 Isvara Allah 是一样的 … 51
52. 少数群体 … 52

53.科技成就美好明天	53
54.最好不要生活在黑匣子里	54
55.当心中充满恐惧	55
56.古瓦哈提在燃烧吗	57
57.热浪	58
58.让我们祈祷阻止全球变暖	59
59.创造新观点	60
60.根本原因分析	61
61.没有人能沉默真相	62
62.分享你的贡献	63
63.十月暴行	64
64.人类的好事发生了	65
65.感谢上帝，	66
66.黎巴嫩是一个主权国家吗？	67
67.突然间	68
68.对于我来说，我就是宇宙的中心	69
69.通过自动化实现和平	70
70.时间领域	71
71.一位作家无法独自带来和平	72
72.文明兴衰	73
73.Bogey 呼吁人类	74
74.和平与人类的士兵	75
75.印度阿萨姆语	76
76.今天庆祝，明天工作	77
77.W=mg 在不同宗教中并无差异	78
78.他（耶稣）在黑暗中展现光明	79
79.加沙和乌克兰陷入废墟	80

80.清真或非清真，味道都一样	81
81.宗教需要尽早改革	82
82.谁对和平负责？	83
83.不要追逐幸福	84
84.女朋友	85
85.爱	86
86.我很担心，你呢？	87
作者作者	88

1. Ratan Tata，真正的 Bharat Ratna

他是一位慷慨的慈善家，有着远大的眼光
直到最后一口气，他都为人民和国家服务
始终尝试用解决方案来改善生活质量
盈利动机从未让他的想法陷入沉寂
看到一对夫妇为了等公交车淋湿了衣服
他的创新思维开创了 Nano 汽车，这是我们的骄傲
百家肿瘤医院展现爱心
只因有远见，乡村医院快速起步
一位不以利润和扩张为目的的实业家
对于每一个人类问题，他总能找到一个友好的解决方案
新冠疫情时期对人类和商业世界来说都是一个挑战
但凭借人性化的设计，他的整个工业帝国
即使在零生产时间也不会裁员、裁员
他是印度真正的印度国宝，永远闪耀着光芒。

2. 再见拉坦塔塔

没有配偶或孩子的完整男人
但他的家人和所有忠诚的员工都感到痛苦
服务和产品的客户知道他的道德
他的事业就是为国家和人民服务。
即使赚了数百万,他的生活仍然非常简单
印度企业制造的真正瑰宝之一
他的足迹不仅留在行业,也留在人们心中
一位真正的世界英雄,心胸宽广,热爱人类
如今,他已成为商业道德和诚信的传奇和象征。
绅士就是绅士做的事就是 Rata Tata
酷暑将至,国家和人民都告别了 Ta-Ta。

3. 拉坦塔塔，印度真正的爱国者

名字就足够了，不需要任何引用
他的财富是他对印度决心的信任
无论你喝的是茶、咖啡还是酸奶饮料
他的名字在印度随处可见
开车或乘飞机前往目的地时
拉坦塔塔在各行各业都有贡献
偏远村庄的贫困患者现在可以接受癌症治疗
不久前，穷人的癌症治疗是生命的置换
塔塔是一位慷慨且善良的慈善家
人们尊重他发起的项目并为此而努力
在印度人的生活领域，他不仅仅是一位工业大亨
他的精神像季风一样传遍全国
大家都在向这位真正的国家建设者致敬
在将来困难的日子里，他的理想将会给予我们启发。

4. 真正的人，拉坦塔塔

他不仅仅是一位工业家和商人
具有人类价值观、诚实和道德，他是一个人
诚实、正直、道德和价值观是塔塔帝国的支柱
这就是塔塔在西半球都受到尊重的原因
保护投资者的资金可能是他的目标
但印度的发展始终在他的心中
在塔塔集团困难时期，他证明自己是最好的队长
他通过创新和可持续性，为解决方案注入了
塔塔集团的每个家庭成员现在都在哭泣
就连他记忆中的流浪狗也不再玩耍
真正信奉"狗-狐-驴的灵魂是拉姆"的人
在印度和世界，数以百万计的追随者将会记住他
虽然他八十六岁去世，
但他的成就远远超过了他的长寿，百万双眼睛流下了泪水。

5. 没有什么是永恒的

生命中没有什么是永恒的
一切都是暂时的
我亲爱的家，我亲爱的学校
我早已离开，只剩下回忆
亲爱的大学，我有一天哭着离开了
学校里最好的朋友全都消失了
爸爸，妈妈，叔叔都消失了
我们心爱的猫狗出现了几代
即使知道一切都是暂时的
人们认为我不会死，而且会永远活着
他们的财富和金钱即使到了八十岁也不愿意分享
对于社会他们什么都想要，但又害怕给予
贪婪和欲望是永无止境的人类态度和性格
步步为营，是人类的使命和宪章
意识到我很快也可能死去可以让生活变得更聪明。

6. 零余额账户

你可能认为生活就是一个定期存款账户
或者对你来说,生活可能是一个储蓄银行账户
但现实是,生活就像一个零余额的活期账户
最后,即使你省了钱,也会有人享受这笔钱
随着你的去世,受益人将变得富有和富裕
他们的行为和生活方式将完全不同
你辛苦赚来的钱的利息将停止增长
在死人的账户里钱不能流动
在余额变为零之前享受零余额资金
如果你账户里有足够的钱,那就过上英雄般的生活
只存够食物和医疗保健所需的钱
对于你来说,以你的名字建造泰姬陵的机会很少
因此,在过自己的生活时,要始终保持公平。

7. 当我死去的时候

当我死去时，有人可能会哭泣
有人可能会变得害羞
为了流泪，有人可能会尝试
离开棺材，有人会飞；
但对我来说没有什么重要
我将摆脱世俗的束缚，
我看不到任何侮辱或尊重
我的自我和自尊不会受到伤害
只是不同的旅程，别人才会开始
如果我富有却没有任何愿望或意志
我的财富，有人会试图偷走
为了向别人表示，他们会放弃进餐
在葬礼祈祷中，他们会表现出热情
人们会欣赏祭祀盛宴
有人会评论说，羊肉咖喱最好
很少有人会说，河鱼味道更好
但死后对我来说一切都不再重要
对我来说做仪式只是人们的信仰
我不知道我妈妈是否生过孩子
随着我的离开，我的精髓也将消失。

8. 年龄只是一个数字

当你八十多岁的时候，年龄就变成了一个数字
即使你不走远也不会有人打扰
无论你死在八十岁还是九十岁都无所谓
九十岁以后你不会再社交了
出门会很困难，也不切实际
如果你在卧床不起之前去世，家人会很高兴
瘫痪和痴呆后上帝应禁止
八十五岁以后突然死得更舒服
大家都会夸奖你永远不会成为负担
八十岁以后，年龄只是数字，没有任何贡献
不管是八十、九十还是一百，我都找不到区别
即使数字更高，离开后对任何人都没有价值
如果家人和朋友能记住你年轻的容貌就更好了。

9. 大公牛

大公牛一般会死在屠宰场
陷阱里死了又胖又健康的老鼠
无论是 Rakesh Jhunjhunwala 还是 Harshad
死亡和人都不在意
史蒂夫乔布斯或戴安娜王妃也不例外
要想阻止离开，钱不能解决问题
即使不确定性原理也无法预测未来
任何时间、任何地点，即使是新轮胎也可能破裂
明天别太担心你的现金
与家人一起享受今天，即使你必须借钱
今天爱，现在就表达，哪怕你是头大牛
如果你把这些事情都留到明天，那你就是个大傻瓜。

10. 婚姻衰落

这是网络时代
人们不喜欢婚姻
共同生活更好
唯有陪伴才重要
孩子是一种负担
男性生育能力下降
女同性恋伴侣不再是禁忌
同性恋人口如野竹般增长
这个世界正在保持人口增长
对于发达国家来说，劳动力价值
越来越多的人对宠物感到满意
家庭以外的人只喜欢约会
人工智能正在为机器人提供更好的陪伴
挽救旧社会秩序，没有办法
终有一天，文明将因自身重量而崩溃
到那时，为了挽救婚姻，一些正统人士就会进行斗争。

11. 婚姻讣告

到了老年，婚姻不再是为了陪伴
婚姻是为了以结构化的方式繁衍人类
婚姻逐渐成为家庭生活的中心
家庭的核心是异性夫妻
因此，文明得以延续，并且努力
未婚被认为是不圣洁的
未婚会被推入地狱
只有圣人和贤者才会保持未婚状态
他们被认为是明智的和社会的朋友
僧侣和圣人的性生活被掩盖起来
已婚女性的责任是填满孩子的篮子
男性的工作是确保子宫不空
女孩在青春期后就被迫结婚
随着教育和经济赋权，女性现在变得大胆
很难把他们逼到婚姻的奴隶地位，
随着每个世纪的过去，婚姻的未来变得不确定
然而没有一位社会科学家能够写出当今婚姻的讣告。

12. 错误的问题

谁会给猫戴铃铛
提问错误
老老鼠习惯了现状
缺乏创新和新想法
大部分时候,问题的一部分
不试图打开黑匣子
正确的问题应该是
如何给猫戴铃铛、在哪里以及何时戴铃铛
幼鼠们可能已经说出了许多可能性
团队可能遇到的一些可能性
在团队中,永远不要问谁来做
解决方案的路径将变得缓慢
而是问如何向团队做这件事
它将改变整个游戏
肯定有人已经给猫戴上了铃铛。

13. 解决方案在哪里？

一个存在漏洞和坑洼的国家

没有道德、伦理和诚实

每个人都想走捷径

腐败无处不在

不诚实和贿赂是核心价值观的一部分

虚伪使每项活动都变得盲点

大多数人没有诚信

然而我们声称自己是世界领袖

改革我们社会的价值体系更好

没有价值观、诚实和正直，我们就无法继续前行

文明国家所需的道德、伦理和社会价值体系

只向穷人提供免费食物不是真正的文明

社会政治生活的各个方面都需要改革

仅靠技术无法解决数字鸿沟问题

没有任何领导人尝试过任何道德伦理革命

在根深蒂固的种姓制度的正统印度文化中，解决方案在哪里？

14. 我一个人,但并不孤独

我孤身一人,但我并不孤独
于是我平静地前行
我紧紧抓住道路
我正勇敢地迈出每一步;
我前面和后面都有人
他们在我的左边和右边
然而我却向着明亮的阳光前进
不愿意和任何人挑起争斗
所以我的旅途很轻松;
我对看着我的人微笑
但允许那些不想看到的人过去
累了的时候,我就坐在一棵美丽的树下
随着鸟儿的歌唱,我感到我生而自由;
一个人走却不孤独 真好
旅程有自己的路线和刺激
一位不知名的朋友递来一杯咖啡
在一起的记忆犹如甜蜜的太妃糖。

15. 忽略消极的人

贪婪、愤怒、执着和性是人类的本性
如果没有这些属性，就没有人能够走向未来
在人生的各行各业，嫉妒、仇恨都会折磨
有时你的动作都会刺破
屈服于一切将被击败投降；
带着爱、微笑、兄弟情谊和慷慨继续前进
在任何压力下放弃你的核心价值和诚信
如今，诚实地前进很困难
如果需要的话，像一个孤独的士兵一样走在真理之路上
看看太阳，云层无法永远遮挡它。

16. 没有人会八卦你的美德

没有人会八卦你的美德
没有人会说，你是公正和真实的
一次失误将抵消十次好成绩
每个人都会像暴徒一样试图拉你
你的谦虚有些人会抢走
大多数人都盲目诚实
别人身上的优良品质永远找不到
对于任何处于困境中的人，他们都不会友善
这并不意味着我们应该停止工作
我们必须继续前进，无视一切
不然，我们就会变成有生命的死人
如果你想要奋斗，那就原谅那些制造噪音的人。

17. 别担心，世界末日会到来

宇宙正在从有序状态走向无序状态
所以，在无限的时间里崩溃和毁灭是它的命运
熵在不可逆地增加，盲目的宗教
人们可以讨论和辩论，但没有解决方案
更大的灾难和破坏将不经任何稀释而来
除非我们知道宇宙存在的原因
总是会有很多假设，观点也各异
在一个注定崩溃的绝望宇宙中，何必担心
即使你的旅程对别人来说是错误的，也不需要说对不起
吃活并增加不可逆熵
世界上没有人是另一个人的复制品。

18. 时空

我们同时处于过去、现在和未来
这是时间线和时间的特征和本质
没有什么叫做单向时间之箭
在过去、现在、未来的时间领域中，没有人是首要的
你可能因所谓的过去犯罪而随时被判入狱
时间无始，所以不存在终结的问题
尽管数十亿年后太阳可能不会升起
恒星和行星的短暂存在会循环往复
但有了它们，时间就不会停止或崩溃
时空是无限的两端
物质、能量、宇宙都是更小的细节
引力、电磁力、强核力和弱核力都是产物
实际的游戏只有在时空领域才能进行。

19. 人类的生活为何充满不确定性？

宇宙的表现本质上是随机的
人类的本性和我们的文化的本质是相似的
自宇宙诞生以来，事情都是随机发生的
这就是为什么宇宙中的一切都是多样化的
下一个事件的随机性有无限的可能性
这就是为什么宇宙中的不确定性是相关的
波粒二象性是随机性的核心
由于不确定性，膨胀的宇宙承受着压力
表现的内在本质使生命世界变得不稳定
这就是为什么人类的生命也太不确定和脆弱了。

20. 解释真相和现实

伽利略、牛顿和爱因斯坦没有发明任何新东西
他们只是仔细观察了大自然
所以他们能够完美地认识到真相和现实
地球自太阳系诞生以来就围绕
数百万年来，没有人认真观察过地球的运动
甚至直到伽利略为止的所有时代的圣人都没有人专注于太阳
太阳崇拜者还认为太阳总是在运行
伽利略全心全意地观察太阳升起的现象
因此，他能够完美地发现自然的真理和现实
自大爆炸以来，地球也存在引力
苹果、芒果等水果过去常常掉下来，男人们吃
人们从来没有担心过为什么会发生这种自然现象
牛顿专注于苹果掉落的简单现象
经过数百万年，他终于意识到了真相，令人震惊
相对论自宇宙诞生以来就存在，并不是什么新事物
甚至在印度教宗教文本中也有不同的解释
但爱因斯坦专注于天体运动
相对论以数学形式出现，作为理论的最佳形式
当我们全心全意地研究和看待自然时
找到一个简单的真理可以为人类提供大问题的答案。

21. 战争将持续下去，直到宗教盲目被治愈

没有人愿意讨论古吉拉特邦暴力事件的根本原因
没有人愿意讨论加沙战争的起因
我们听说过色盲，但从未听说过宗教盲
除非世界领导人摘掉有色眼镜
巴以冲突不会有永久解决办法
全世界人民必须接受：犹太人是人，有生存的权利
希特勒和大屠杀的错误不应该再发生
如果宗教盲人不治疗自己的眼睛并改变态度
犹太人的生存之战将持续下去
因为，他们就像宗教百叶窗一样，没有立足之地。

22. 黑暗森林

当时女孩童婚现象十分普遍
她嫁给一个老男人时才六岁
当一根大肉棒插入她的私处时,她很害怕
她痛苦地哭泣,但谁来救她
整个社会陷入黑暗,女性成为商品
它们和其他商品一起在市场上以一定价格出售
她的哭声消失在沙漠的沙丘中,没有任何回声
距离那可怕的一天已经过去了几千年
但童婚制度仍在继续
即使在 21 世纪,一切事物都以宗教的名义进行
我们是文明人还是盲人,以盲目的上帝的名义
没人知道什么时候人类才能变得理性和有常识
我们仍处于过于茂密的黑暗森林之中。

23. 鸵鸟心态

流浪狗和乌鸦比鸵鸟心态的人好
至少它们作为生态系统中的清道夫，在清理大自然
鸵鸟心态的人只会责怪别人，却从不审视自己
他们是最糟糕的公民，天性和文化上都是自私的
当大多数人都变成鸵鸟的时候，我们的未来又会怎样？
为了自己，他们总是需要狮子的份额，而不是继续
从骨子里来说，他们是不诚实和狡猾的
但不幸的是，它们的数量正在不断增长
如果你真的担心人类、社会和生态系统
做些小事，比如街上的狗、乌鸦或秃鹫
不要像鸵鸟一样闭上眼睛，觉得一切都很好。

24. 这个千年

诚实是最糟糕的政策

真理很少胜利，但被击败

复杂性即伟大

腐败是常态

诚信难求

没有人慈善始于家庭

人们憎恨罪人而不是罪孽

人类的基本结构不稳定

这是 KALI 千年

混乱和无序将达到顶峰

这也是物理学的真理

熵必须不断增加

直到世界末日来临

一个新的行星系统将诞生

新的文明，新的起点，即将崛起。

25. 秃鹫

天然的清道夫正在为生存而战
对于生物多样性和生态系统来说，秃鹫至关重要
在团体中，他们纪律严明，真正具有社交能力
对于波斯人而言，秃鹫的生存至关重要
但为了拯救鸟类，没有切实可行的解决方案
村民们多次毫无理由地将他们摆成一团
但没有一个凶手被关进监狱
为秃鹫工作的压力团体没有解决方案
每个人都必须了解生态平衡的重要性
为了拯救秃鹫，让我们一起接受挑战。

26. 大众的鸦片

腐败如今已成为人民的鸦片
它不仅限于特定的类别
不论富人、穷人、黑人、白人、棕色人种,每个人都会腐败
根除世界腐败,没有解决办法
腐败既不违反道德,也不违反宗教
如今人们对腐败没有不好的看法
政客、普通人、领导人都沉迷于不诚实
群众不关心集体或个人的诚信
但社会不忠却互相指责
宗教与腐败的完美结合是当今的主流
沉醉于腐败和宗教的群众是幸福快乐的。

27. 如果你信任政客

如果你相信政客，那你就生活在愚人的天堂
如果没有贿赂，官僚们永远不会允许你申请升职
在这个世界上，为了生存和进步，要聪明和明智
否则，在你的生活中，太阳永远不会升起
这世上任何事，都要付出代价；
吹捧和奉承不如金钱有效
对于政客和官僚来说，金钱是最好的
有时，酒精可能会帮助你走得更远
但性恩惠很容易改变你的比赛
如果你仍然相信政客和官僚，那就太讽刺了。

28. 如果你是凡人，那很好

如果你认为自己不道德，那你是对的
你是人类中 99% 的人
如果你认为自己是凡人，那么你是对的
你是智人中的百分之一
你知道你的时间有限，不要等到明天
你充分利用每一刻，意识到时间是无价的
时间是世界上唯一可以立即使用的免费原材料
凡人意识到了这一点，并没有过着未来的生活，那是想象的
世界上只有百分之一的人活着时能繁荣昌盛
在他们的离开中，99% 的人哀悼和哭泣
而 99% 的人则试图让 1% 的人走向不道德。

29. 克服重力和摩擦力

人类生命的必需品不是食物而是能量
在获取能量的过程中，食物只是为了协同作用
人类生命的行动只是为了克服自然力量
对于智人而言，除了食物之外，没有其他替代来源
因此，我们受到自然过程的限制
人类的所有能量都用于克服重力和摩擦力
在分娩时，自然会给每个人一个暗示
散步、玩耍、刷牙，所有活动都必须对抗自然力量
这样，在人体中，能量就是唯一的动力来源
生命不过是协调活动的动力
为了对抗自然力量，部分能量来自太阳光线
金钱和健康最终会成为对抗自然的要求
在时间领域中，这个机制将来有一天会崩溃。

30. 没有摩擦的生活

没有摩擦的生活是不可能的
不允许移动
无法射出精子
即使是性行为，摩擦也是可取的
没有摩擦，物理定律就会失效；
鱼不会游泳，鸟也不会飞
为了克服每时每刻的摩擦
世界上没有摩擦怎么会有火
生活中零摩擦并不是一个切实可行的解决方案
当家庭出现摩擦时，不要让紧张情绪
仅尝试减少和稀释摩擦
摩擦可能是干摩擦、液体摩擦、皮肤摩擦或内部摩擦
为了减少摩擦，一定要进行适当的润滑
即使不使用润滑剂，也要表明你的意图
在办公室摩擦中拍马屁，不要犹豫
摩擦将大大减少，直至您满意。

31. 双刃剑

智能城市古瓦哈提陷入困境
自行车和车辆车主正在清除锈迹
否则，车轮堵塞是必然发生的
即使在尘土飞扬的情况下，车辆仍能快速行驶
我们不相信吸入的灰尘不含细菌；
下雨时，会发生山洪和内涝
阳光照射后，灰尘颗粒令人不安
在智慧城市中，居民们以某种方式生存
人们现在对雨水和阳光的恐惧程度是一样的
污染的环境现已完全吞噬古瓦哈提。

32. Dosa 与 Samosa

多萨和萨莫萨是印度最受欢迎的小吃
在机动性方面,萨莫萨是一个更好的喜剧演员
Dosa 的皮是米,而 Samosa 的皮是小麦
两者都以素食为主,均不使用任何肉类
Samosa 和 Dosa 的果肉是一样的,都是我们最爱的土豆
在准备桑巴时,只有 Dosa 需要番茄
Dosa 可以作为早餐、午餐和晚餐
但午餐和晚餐时,萨莫萨三角饺并不那么受欢迎
在市场上,即使是小茶摊也能买到萨莫萨三角饺
在餐厅和商场里更容易看到 Dosa
如果我必须投票选出其中任何一种作为最受欢迎的食物
我不知道哪种食谱更好,但我会吃哪种,取决于心情。

33. 蜻蜓

蜻蜓是蝴蝶的穷亲戚
在飞行中,蜻蜓也不害羞
为了与蝴蝶竞争,总是尝试
像蝴蝶,虽然颜色不太鲜艳
蜻蜓有四只翅膀,真奇妙
他们总是吸引人们并保持快乐
孩子们喜欢追逐蜻蜓并捕捉它们
对于年幼的孩子来说蝴蝶和蜻蜓相同
追逐和捕捉它们才是真正的游戏
蜻蜓的数量急剧下降
即使在乡村,也很少见到它们
童话故事里的仙女的翅膀像蜻蜓
为了保护这美丽的传单,我们必须真诚地努力。

34. 暴民暴力

暴徒是一群没有大脑的人
破坏是暴徒的主要目的
对于破坏和杀戮,无需训练
在暴徒面前,理性和逻辑都不起作用
甚至他们的亲朋好友,他们也会抢劫
宗教是暴民暴力的主要导火索
失业和贫困使暴徒得以持续存在
理性和受过教育的人不会做出任何抵抗
虽然暴力和破坏,没有可见的物质
法律和秩序,警察全部停止行动
军队也被迫保持被动
解决暴徒暴力的唯一办法就是用武力反击
必须从源头上制止暴乱
一开始公众情绪非常高涨
车辆始终是首要破坏目标
抢劫商店和市场曾经是下一个
焚烧公共和私人财产是暴徒的本能
最终,整个民族都面临着苦难。

35. 孟加拉国正在燃烧

孟加拉国正为自身的冲突而焦头烂额
杀害自己的公民，中世纪的反映
孟加拉国正在燃烧，因为人们不宽容
在煽动暴力方面，宗教的作用也很重要
他们以全能者的名义杀害邻居
即使拥有了所谓的孟加拉文化和传统
从杀戮的残酷性中，我们可以清楚地看到
不允许其他信仰或思想
必须遵循毛拉的宗教指示
破坏国家财产将适得其反
已经很贫穷的孟加拉国将走向更加消极的
孟加拉国已经陷入贫困和人口爆炸
当前的暴力和动荡将孟加拉国推向了毁灭。

36. 百克很重要

有时一百克更重要
它可能重达一百公斤以上
你可能会失去金牌和风头
你可能不被允许进入拳击场进行比赛
因此，请始终保持正确的体重
很容易在不知不觉中增加体重
但即使步行数周后仍难以减少
体重对于健康的生活方式很重要
肥胖会毁了你的生活，你想自由地生活
为了健康而尽量多吃是老式的生活方式。

37. 别担心，即使你不能赢得金牌

在游戏中，你可能是头号种子选手
为了你的成功，数以百万计的人可能会祈祷
但奥运会是一个多层次的赛事
你不知道黑马从哪里来的
并危及你多年的努力和游戏
得不到任何奖牌，你就成了跛脚
你全年的表现可能不一样
即使是在一个月、一周或一天之间
谁将夺得金牌，就连占星师也说不准
哪怕是在比赛中，那也是金色光芒。

38. 你需要砖块

要建造城堡,你需要砖块
要制作一块砖,你需要一点土壤
为了收集少量土壤,你必须花时间
时间是你最终的免费资源
每一秒、每一小时、每一天、每一月都很重要
如何使用资源很重要
即使你认为,你可以从市场上买到砖
没有钱,没人会填满你的篮子
金钱永远不会免费,你必须利用时间
因此,如何利用时间始终是最重要的
罗马不是一天建成的,你住的房子也不是一天建成的
为了建设,很多时间,你父亲曾经给
如果你直到死都不能建造一座城堡
这是你的错,当你有时间的时候你却没有制造砖块。

39. 什么是自由

自由的意义太难理解

仅有生命财产的安全并不是真正意义上的自由

言论自由和投票权还不够

即使在独立国家，大多数人的生活也很艰难

社会动荡使普通人的生活十分艰难

为食物、衣服和住所而奋斗是一个永无止境的过程

即使在自由国家，获得教育和医疗保健也不容易。

尽管人们能够成功地保护自己的界限

大多数自由国家的公平和法治都写在书本上

颠覆总是由强大的骗子完成

什么是自由是一个个人感觉的问题

自由是我们与生俱来的权利，为了获得自由每个人都在奋斗。

40. Jai Hind

一句老口号却十分新鲜、贴切
它给次大陆带来了政治自由
这两个词仍然团结着这个国家的人民
无论他们的政治意识形态和历程如何
目标是印度队,我们必须赢得比赛
但我们在各个领域都还有很长的路要走
真正的胜利梦想仍未实现
八亿人仍在寻求政府配给
印度没有彻底消除贫困的解决方案
该国人口仅增加
十四亿人无法赢得金牌
但每天都会发生成千上万的丑闻
按照世界标准,城市和乡村的生活质量很差
成千上万的人像理发师一样流落街头
贫困和边缘化农民的状况令人悲哀
贫富差距日益扩大
失业率飙升,未来无望
Jai Hind, Bande-Matorom 让我们说,今天是独立日。

41. 又有一名女孩被强奸

她被强奸并残忍地杀害
政治在尸体上展开激烈斗争
没有人关心为什么强奸仍在继续
所有政客都像狐狸一样狡猾地回答
有些人出于政治原因试图挽救强奸犯
其他人则试图夸大事件，却没有解决方案
公民社会正处于冬眠状态，就像圣壶节一样
只有医生同事为死去的女孩抗议
没有人知道罪犯是否会受到审判
人们和媒体很快就会忘记这件事
又一个女孩将在满月的光芒下被强奸
强奸之类的事情在这个国家仍会照常发生。
除非全体国民共同努力，打破政治界限。

42. 有趣的启示

上帝只向一个人揭示了太多的事情，而不是在一次会议上
但没有透露他站在液态黄金上
发现石油，他的追随者都没有发现
上帝忙着告诉男人应该有多少个妻子
从泥塘里，每天早晨，上帝拯救人类
上帝太残忍了，他下令杀死所有非信徒
但不信的人只找到了液体黄金宝藏
上帝没有透露北美洲和南美洲
上帝证明他知识贫乏，因为他没有提到南极洲
启示录中没有提到物种进化
经过很长一段时间，关于自然选择，达尔文决定
中世纪的上帝只揭示了当时的知识
上帝启示的意图不是科学的，但它却闪耀着
也许上帝知道人类是聪明而愚蠢的生物
没有必要向老虎或鹰透露，肚子空空的，他们不会去祈祷
世界各地的启示模式都是一样的
在过去，只有上帝才能玩启示游戏
如今，上帝不愿意揭示新的事物，或者他变得跛脚了。

43. 普通人真正幸福的四个象限

当你健康、富有、聪明时，你就成功了
健康、财富、智慧、成功让生活更美好
幸福成为一种生活方式，而不是正弦波
完全的幸福和成功使人慷慨而勇敢
你认识到慈善和为人类做好事的重要性
生活的目的和意义变得容易找到
健康、财富、智慧和成功是真正幸福的四个象限
确实，放弃物质生活也能带来精神上的愉悦
但通过放弃而获得的幸福是完全不同的宝藏
只有圣人和像 Gautam 这样的人才能通过这种方式获得真正的幸福
我怀疑一个普通人通过这条路能获得完全的幸福
所谓的现代大师正在以灵性的名义进行欺诈
其中大多数都是自私的聪明人，但正直性值得怀疑。

44. 你不喜欢衰老

无论你喜欢还是不喜欢
无论你是否注意到
无论你想死还是不想死
你每一刻都在变白
你一天天变老
你的早安正在减少
你正在奔向死亡
人们说年龄只是一个数字
终有一天他们也会向死而归
让每个美好的早晨都成为美好的夜晚
你正在变老，明天会好起来
只能让今天变得明亮
与衰老过程不抗争
明天你可能就看不到光明了。

45. 每个人都会付出代价

我既不是玫瑰，也不是荆棘

我既不是蝴蝶，也不是蜜蜂

我既不是乌龟，也不是马

我既不是鹰也不是鳄鱼

我是一个两条腿的独特生物

既不能飞，也不能游泳

不能跑得快的四足动物

但我可以思考、创新，做得更好

我的行为决定了所有生命的未来

但我却因贪婪而疏忽大意

我无端破坏树木和动物的栖息地

有一天我的鲁莽行为会给我们带来末日

没有人会提出任何创新的解决方案

为了我的错误，一切生灵都要付出代价。

46. 不奋斗就不会获得自由

他们因宗教而被剥夺自由
他们以传统的名义被迫遵守严格的着装规定
他们从不抗议，因为他们的大脑在童年时期就被洗脑了
他们的态度符合中年人的要求
被追求自由和解放的大男子主义者残忍杀害
甚至她们自己的女性信徒也从未表现出与她们的团结
因为大多数人的视力早已被蒙蔽了
生儿育女、抚慰男人是她们在世上唯一的任务
改革永远会受到遗留力量的制约
适合国王、统治者、宗教经纪人过奢华的生活
他们对自己在沙漠中的后宫很满意，有些甚至有四个妻子。

47. 邪教虚假宣传

十亿邪教成员中没有一个人谴责拉登和哈菲兹
没有人谴责对无辜以色列人的屠杀
然而有人声称该邪教正在致力于世界和平
为了消灭所有其他信仰，他们正在进行一场持续不断的竞赛
先知所说的永远不会改变，哪怕是一丝一毫
正如先知所说，杀害无辜的以色列人是公正和公平的
但他们忘记了牛顿第三定律关于相等和相反的反应
邪教领袖应对加沙发生的事情负责
为了自卫，犹太人现在正在摧毁隧道
来自世界各地的邪教成员说，犹太人很残忍
你从未谴责邪教的任何暴力行为，而是赞扬
当反暴力袭击你们时，你们为了虚假宣传而团结起来。

48. 教师没有宗教信仰

金钱不分种姓、信仰、肤色和宗教
教师在学校必须有同样的地位
教师团体应该超越社会界限
特别是非宗教现代国家的教师
宗教不应成为教育的中心
科学、技术、伦理、价值观应处于更高位置
宗教很容易因为盲目的信仰而分裂人们
教师可以团结起来超越不科学的神话
互联网、电脑、智能手机、人工智能超越宗教障碍
对于所有技术来说,教师都是通用载体
欧美是先进国家 不适合宗教教育
但随着科学技术的进步,人们正在整合
科学思维的培养,只有教师在传承。

49. 教师职业的堕落

教师是社会生态系统的一部分
因此，他们也抛弃了道德和伦理
现在教学就像任何其他职业一样
这导致了价值体系的退化
教师职业核心观念淡化
要恢复教学的昔日辉煌，没有解决办法
不可弹劾的老师已不复存在
为了挽救价值体系，现在很少有教师的努力能够坚持下去
教师不再是新一代人的榜样
他们把软件、互联网、人工智能放在同一个说法里
学位和证书买卖在该国很常见
辅导机构把学生当成下蛋的家禽
与人工智能不同，教师很容易被贿赂
大多数教师对提高自身学习不感兴趣
整体退化使教师职业倒退
教师必须努力重新树立教师古老的光荣荣誉。

50. 教师的慈善行为也始于家庭

教师既不是牧师也不是商人
他们也不是指导供应商
教师道德水平下降
镇上大多数教师不受尊重
他们自己出卖了自己的光荣王冠
老师也是人，需要钱
但为了赚钱，他们不应该输掉比赛
采蜜是他们的责任
如果行动困难，你就不应该踏上旅程
道德、道德、诚实在肾脏教学中很重要
没有人能够重现教师的昔日荣耀，他们必须自己做
与他们一起，他们的数百万学生也将离开
教师必须发挥带头作用，传授道德和伦理价值观
整个社会会慢慢地注意到并跟随
慈善必须从家庭开始，然后才能让其他人接受。

51. 甘地告诉 Isvara Allah 是一样的

上帝是安拉，安拉是薄伽梵和克里希南
Isvara、Allah、Ram 是同一个神的名字
我们应该责怪先知的名字不同
我们不知道这位全能者的真实姓名
核实他出生证明上的名字是必要的
甚至他的生物特征在岩石化石中也是找不到的
就像暗能量一样，他乞求时是隐形的
肉身之神只是人类心灵的想象
与恐龙化石不同，我们没有发现任何肉体神的化石
他可能躲藏或潜逃，结果都一样
被警察抓获的骗子玩的是同样的把戏
但所有宗教的牧师至今都未能找到他
这就是为什么以他的名义存在着犯罪、暴力和仇恨政权。

52. 少数群体

他们信奉圣书，声称过去、现在和未来的所有知识都在那里
另一组拒绝了这一概念，并接受变化法则是公平的
少数群体因不信教和不忠诚而被起诉
大多数不信教的人被赶出沙漠和他们的家园
但他们捍卫了数百年来所坚信的真理
信徒们用剑改变了全世界的态度和心态
不同国家和信仰发生了许多破坏和种族灭绝事件
一本书的概念包含了宇宙的所有知识，被强行出售
少数相信变革的人们的痛苦和苦难的历史仍未被揭露
有了科学技术，少数人现在有能力抵抗正统
令人惊讶的是，国际社会因担心不宽容的玩家发动自杀式爆炸而保持冷漠。

53. 科技成就美好明天

技术未能消除贫困和饥饿
制造数千枚核武器是一个错误
新技术的发明是为了杀害无辜的人
通过技术杀死一个手无寸铁的人很简单
由于技术过重，文明可能会衰弱
然而，如果没有技术，我们就会进入黑暗时代
世界上每一个新的发明总是开启新的一页
我们如何使用技术取决于人类的选择
在使用通讯技术杀戮时，各国必须克制
火、轮、电脑技术永远是为了更好的明天
技术被滥用于不道德的用途会带来悲痛。

54. 最好不要生活在黑匣子里

最好不要被标准宗教的黑匣子所束缚
印度教、基督教、伊斯兰教、佛教持相同观点
所有的发展都是基于相同的上帝假设和行为
当今混乱的社会秩序就是他们的产物
而不是为了人类和生存王国而共同努力
宗教之间争吵不休,以扩大自己的领地
他们怀着对人类的真诚精神和兄弟情谊,很少工作
让新一代跳出黑箱,开辟新道路
通过开放的心态融合宗教成为新数学
在黑匣子里,信徒们会尽最大努力坚守自己的宗教信仰
现代的新概念和技术将没有机会进行测试。

55. 当心中充满恐惧

在人生的每一步，我的心里都充满恐惧
在这个宗教人士的世界里，没有人是亲爱的
我害怕独自行走，即使是在白天
任何时刻，任何地点，我都可能在路上被抢劫
有人会试我的手机，有人会试我的金链
下雨时即使打伞也不安全
更不用说坐火车卧铺车厢了
当我独自走在森林里时，我更害怕人类
一个智人可能会突然出现，如果我能的话，我已经拯救了自己
晚上我无法想象在午夜独自行走
除非我有武器可以自救和战斗
即使在纽约的夜晚，强权就是公理
女性可能会受到陌生人的虐待或骚扰
对他们来说，夜间骑自行车出行也可能有危险
世界上大多数人生活在宗教界限内
但实际上，即使是所谓的牧师也陷入了困境
即使在第三世界宗教国家，食品也不安全
掺假和欺骗顾客，每个店主都恼火
我的钱即使放在银行也不安全，我怎么能随身携带现金呢
信用卡诈骗案对我造成的损失我至今记忆犹新
在参加大壶节的人群中，我的心也充满了恐惧
我还是不愿意去寺庙，独自一人自由地思考。

56. 古瓦哈提在燃烧吗

（9 月份最高记录为 2024 年 9 月 23 日）

古瓦哈提在九月春季会燃烧吗
我们仍记得草上的露珠
经历了洪水和沙尘暴的折磨
现在气温为 40 度，古瓦哈提的水太热了
城市里不再有白色的茉莉花
对于城市居民来说，大自然正在表现出怜悯
古瓦哈提已经是一个污染严重的城市，不适合居住
现在城市人口增加已不可行
极端高温可能带来气温波动
冬季太冷，会造成奇怪的情况
目前，古瓦哈提正遭受极端热浪的侵袭
我们挚爱的二十世纪古瓦哈提该如何拯救？

57. 热浪

大自然现在展现出它的毛茸茸
人类必须道歉说对不起
气温逐年升高
然而人类并不惧怕破坏
对于智人来说，混凝土丛林是珍贵的
每个公民都需要住房
砍伐树木从未遭到抵制
人类严重破坏了生态平衡
对于其他生物来说，大自然母亲现在很恼火
沙漠中发生山洪暴发曾令人难以置信
对于大自然来说，像纸船一样推动汽车是可行的
人类可以破坏自然，开山造水，为的是获得舒适
为了平衡破坏性力量，它有自己的进程，自然求助。

58. 让我们祈祷阻止全球变暖

我们小时候常常向上帝祈求下雨
上帝假说告诉我们，上帝的愿望是主要的
家家户户都在喊，上帝假设列车
如果下雨，那要归功于全能者
但如果没有下雨，人们就会默默忘记
根据上帝假说，他对全球变暖负有责任
他指导环境和生态的快速变化
而不是责怪发展，因为这也是上帝的旨意
为了阻止全球变暖，我们应该在阳光下祈祷他的点头
他只知道他对人类和世界的规划
按照他的意愿和计划，世界上的事情将会展开
这条路让他满意，他可能会告诉一些先知。

59. 创造新观点

我们在家里很安全，不是因为古老的宗教
我们也不会因为宗教价值观和道德观而感到安全
我们也不安全，因为全能的上帝
由于共和国制定的法律，我们是安全的
我们的财产受到保护，并不是因为惧怕上帝或他的惩罚。
相反，我们的生命和财产因为害怕警察而受到保护
撤走警察和军队几天，看看结果
到处都会有抢劫、谋杀和暴徒
任何时候，即使是最虔诚的人也会被抢劫
如今，对上帝的敬畏和宗教价值观已不复存在
神明也许因为惧怕人类而躲藏在某处
和上帝假说一样，共产主义也失败了
大多数宗教国家的民主都脱轨了
唯一的解决方案是采用具有开箱即用视野的新假设
为了这一点，我们必须在新一代中创造舆论。

60. 根本原因分析

人们不喜欢根本原因分析
因为它总能揭露真相
在大多数情况下，事实是残酷而痛苦的
它破坏了戴口罩的绅士们的计划
许多布鲁图斯引起了公众的注意
人们呼吁寻找现实
但无论何时何地，真理始终孤独
社会的每一个角落都想用自己的理由埋葬真相
最后，真相被揭开，成为叛国罪
立即揭露的真相对正义具有内在价值
多年以后，它还有讨论的价值，不需要去注意。

61. 没有人能沉默真相

你不能通过数字媒体封锁来掩盖真相
你不能把太阳埋在一滩泥水中
世界上发生过许多大屠杀
这是我们说公道话、让真相爆发的时候
在二十一世纪大多数人都知道真相
但他们的良心被误导了，走上了歧途
如果聪明人不站出来
对于人类来说，毁灭就是惩罚
我总是实话实说，小偷就是小偷
即使在虚假的社会中，它也制造了恶作剧
摘掉中世纪的有色眼镜
努力在世界近代史上写下新的一页
当你走出黑匣子，远离地平线时
你不会去屏蔽说真话的网民。

62. 分享你的贡献

人类的 DNA 进化为精打细算，小事糊涂
这就是为什么人们有时情绪低落，有时又情绪高涨
战争心态已经刻在 DNA 代码中，
在时代和文明中，战争的场地只会改变
没有战争，文明就无法进步，因为人类的心态
人类必须测试的战争和技术能力
从弓箭到剑的进步很缓慢
随着枪支和子弹的发明，战场上出现了光芒
核武器在第二次世界大战中展现了威力
没有人知道第三次世界大战以及它持续了多久
战争的小预告片总会在这里或那里继续
然而为了和平与兄弟情谊，请尽力分享您的贡献。

63. 十月暴行

有些人专注于一本书来获取知识
他人认可的技术变革和发展
现在的结果与中世纪完全不同
感谢真主，他把太阳放在泥土之下，让他们没有阳光
他们借用技术继续侵略
用现代技术摧毁他们的骨干才是解决办法
在他人的压力下，不应被淡化
世界需要彻底消灭恐怖分子
未受影响的国家将呼吁和平与安宁
但大多数国家对十月暴行保持沉默。

64. 人类的好事发生了

以色列从世界上清除了一些不良因素
然而，一些国家却对赞扬他们的勇气保持沉默
因为勇敢的犹太人，世界现在可以睡得安稳
以色列英雄的出色工作将由时间证明
剩下的恐怖分子也应该被以色列杀死
以色列军队应该继续进行战争演习
印度应该向他们提供材料和技能方面的帮助
正统人士的畸形 DNA 永远不会改变
因此，人类必须通过外科手术式打击和战争来应对。

65. 感谢上帝，

感谢上帝、真主或无论人们如何称呼，
这次中东国家你们的反应很小
一千六百年前，你们从未试图保护犹太人
即使在第二次世界大战期间，你也听不到他们的哭声和声音
现在在世界各地，它们的数量非常少
但为了生存，他们走自己的路，不错过任何机会
他们不会再犯这个古老的错误
如果他们这样做，他们将无法保留自己的身份
感谢上帝，没有站在不宽容的人一边
犹太人已经意识到进攻就是最好的防御，规则很简单。

66. 黎巴嫩是一个主权国家吗？

黎巴嫩是一个主权国家还是武装分子的傀儡
来自黎巴嫩的武装分子没有抵抗
以色列毫无理由地被武装分子逼上战争
黎巴嫩应采取积极行动寻求永久解决方案
黎巴嫩应与以色列达成协议击退武装分子
只有这样才有可能实现永久的和平
唯一的解决办法是彻底解除加沙和黎巴嫩武装分子的武装
阿拉伯国家应立即停止向其发射任何弹药
美国全心全意支持以色列是正确的
让美国新总统来亲自解决这个问题。

67. 突然间

人类一旦死亡就永远消失了
没有人曾经从天堂或地狱回来
无论是罗摩、佛陀、耶稣还是穆罕默德
死亡意味着结束,无论你有多强大
即使花费数十亿美元,也没有人能以同样的身体回来
重生、灵魂和化身都是神话和信仰
环境因素和教育与我们的大脑联系在一起
每个人死后都怀有天堂和重生的希望
即使知道过去数十亿人死亡的记录
在虚幻的天堂和重生中,许多人浪费了这一生
不要生活在一个想象的重生和天堂的世界里
关于死亡的唯一真相是,它来得很突然。

68. 对于我来说，我就是宇宙的中心

我是科学家发现的质子、中子和电子
我是元素碳、氧、氢和氮
我是由宇宙中所有这些东西构成的
我就是物质；我是自然的能量和二元性
但我不仅仅是一束基本粒子
我有自己的思想和独特的意识
所以，我是基本粒子，但我不同
在无限的宇宙中，对我来说，我是中心
我是我的观察者，没有我，宇宙就不存在
然而，我受自然法则和不确定性原理的支配
我的波函数或物质体随时都可能崩溃。

69. 通过自动化实现和平

为了通过自动化实现世界和平，一个人正在努力
无人提供更好的自动化技术
他给阿拉伯沙漠和旱地带来雨水
沙漠中的许多植物和草本植物现在长在沙地上
以色列和内塔尼亚胡的军队必须站在一起
大自然通过进化已经实现了数百万年的自动化
对于人类大脑的自动化，大自然将给出解决方案
如果没有和平，自动化进程就会变得缓慢
如果战争结束，文明将会焕发光芒
否则，自动化和第三次世界大战将爆发
即使拥有最好的自动化，破坏也不会缓慢进行。

70. 时间领域

过去、现在和未来在量子世界中同时显现

所有三个事件视界都连续不连续地展开

当我们亲眼看到自己的出生，看到母亲承受的痛苦时，我们会多么惊讶

有趣的是，在我们去世前知道谁参加了我们的葬礼游行

即使人们可能无法改变时间领域发生的事情

否则，生命的存在将无法维持

人类的生活将生活在我们未知的仙境中。

但因为我们会在那之前死去，我们一定会怀念美丽的巴士

其他生物将只是满足人类需求的傀儡和奴隶

否则现在动物也在做类似的事情

上帝会和猫被关在同一个盒子里，才能知道自己的位置

对于上帝来说，比起面对屈辱，毁灭世界才是更好的解决办法。

71. 一位作家无法独自带来和平

《撒旦诗篇》无法给世界带来和平，作者失去了一只眼睛
笔的力量从未超过阿拉伯沙漠中的剑
不信教者被随机杀害，以制造恐惧症
帝国通过剑的力量扩张
但最终，帝国还是没能抵抗住新思维
科技飞速发展，大屠杀发生
然而，真理的先驱们再次团结起来，对抗恶棍
一小部分人被赶出后与激进分子进行了斗争
每次和平努力受挫
这个小国别无选择，只能勇敢面对
他们也为自己的同胞被屠杀而哀悼
现在必须给这些流氓们一个深刻的教训
在世界上，和平的领袖将永远被人们铭记。

72. 文明兴衰

文明崛起，文明衰落
当时间到了，它就会发出召唤
文明或大或小
技术可能复杂且高大
但它也可能像俄罗斯球一样爆裂；
当今世界充满了核导弹
地下有很多死去的化石
当今文明可能在一天之内消失
没有人能够表达自己的意见
新的文明将会以新的光芒出现；
数百万年后，新的假设将会出现
但这个繁荣的文明永远消失了
新物种将以不同的周期出现并转变
他们将拥有自己的达尔文、牛顿和爱因斯坦
文明总是以连锁的方式来来去去。

73. Bogey 呼吁人类

大屠杀开始时,世界最初视而不见
数百万无辜的犹太人和儿童被屠杀
经过长期斗争,他们终于获得了家园
然而,驱逐他们的人至今仍在
无缘无故轰炸犹太人的家园
敌对的阿拉伯人认为杀害无辜人民是解决办法
一次又一次绑架妇女和年轻女孩
像强奸他们的先知一样强奸他们,先知指引他们前进的道路
和平共处是一些阿拉伯人不接受的唯一解决方案
当拯救生命时,当人们反抗时,仿佛人类就收缩了。

74. 和平与人类的士兵

勇敢的灵魂，有一天你会赢

你正走在真理和承诺的道路上

但无知的奴隶贩子总是试图消灭

这次你不应该后退，坚持你的行动

不宽容和暴力的宗教无法维持

真理的战士们将使这段历史井然有序

没有人能够强奸无辜的未成年人，告诉他们上帝的意愿

必要时用核武器来杀死恶魔

否则它们会像病毒一样再次生长，危害人类

全世界所有理性的人都为你的胜利祈祷

如果有必要，每一个民主国家都会帮助你消灭魔鬼。

75. 印度阿萨姆语

阿萨姆语是基督诞生时发展起来的语言
即使在史诗《摩诃婆罗多》时代,也有人说
阿萨姆语很甜美,就像阿萨姆邦的美景一样
该语言也非常灵活,具有多样性
让世界看到它是每个阿萨姆人的责任
被列为印度古典语言之一是不够的
将阿萨姆文学推向世界论坛仍然很困难
布克奖和诺贝尔奖之路并不平坦,但坎坷
必须进行翻译以引起印度以外读者的注意
如今,通过社交媒体传播文学变得非常容易
聪明的孩子必须用母语来学习
那么只有在阿萨姆邦,阿萨姆语才会作为人们的语言传播开来
仅靠政府盖章是没有用的
如果新的一代没有创造力,新的文学就创作不出来。

76. 今天庆祝，明天工作

庆祝我们今天获得的认可
但它不应该仅以庆祝而结束
现在，每个生活在阿萨姆邦的人都有责任维护它
为了全球曝光，我们必须让阿萨姆语适应
如果没有后续工作，庆祝活动将是短暂的
庆祝活动将作为媒体和报纸的历史保留下来
庆祝活动所创造的势头应该创造新的故事
政客的演讲将像涟漪一样渐渐消逝
每位作者都必须努力工作，以免势头减弱
重点议程应该是创造新的现代文学
只有拥有各种格式的书籍才能保护阿萨姆语的未来。

77. W=mg 在不同宗教中并无差异

世界各地的引力都是均匀的
相对论在全球以同样的方式展开
以色列、加沙、黎巴嫩、印度和巴基斯坦的电力情况相同
科学在全球范围内有统一的规律，没有歧视
但宗教是有歧视性的，并且基于信仰而有党派性
为天堂和上帝而战，没有统一的规则或法律
所谓的宗教领袖也认为杀害无辜是正当的
他们没有为更好的明天做任何科学思考
战争永远不是神圣的，因为它涉及杀戮
然而人们变得愚蠢，知道杀戮在他们自己的宗教中是一种罪孽
因此，对于和平，在宗教黑箱中没有解决方案
阿拉伯人中间流传的中世纪虚假叙事需要淡化。

78. 他（耶稣）在黑暗中展现光明

从阿拉伯沙漠的黑暗丛林规则
耶稣开启爱、人性和十诫之路
无知的人不理解他，就把他钉在十字架上
但他祈求他们的怜悯和保护他们的亲属
他的教诲依然是指引人类前路的慈光
有些人尝试以其他方式行动，并试图寻找更好的路径
聪明人宣称自己是最后一个欺骗人民的先知
在不断变化的宇宙中，任何事情的现状都不简单
谴责耶稣和他的思想是不可能的，因为有人会削弱
只要我们保持宽容和爱心，世界将克服一切困难。

79. 加沙和乌克兰陷入废墟

上帝是哑巴、聋子、瞎子和无助的生物
但如果没有上帝，人类就没有更好的未来
自古以来，上帝就未能阻止犹太人的大屠杀
现在为了阻止无辜者的杀害，上帝变得太政治化了
因为他又聋又瞎，所以他无法成为和平的工具
上帝从未试图保护他的清真寺、教堂或寺庙
他身体残疾的原因很简单
为了满足身体有障碍的人，人类制造了麻烦
即使是最虔诚的信徒，以神的名义也从不谦卑
上帝从火中进步到智能手机，但加沙和乌克兰却变成了废墟。

80. 清真或非清真，味道都一样

这只羊被一只名叫"人"的动物宰杀，用来做肉
羔羊死后，它如何被杀就没有任何意义了
以神的名义，作为清真的，或者不向神献祭
清真和非清真肉类的口味都一样
上帝没有义务杀死羔羊，也没有义务拯救他无辜的孩子
人类认为上帝会快乐，这是愚蠢和疯狂的
幸好非正统人士不打扰这个过程
但有些迷信的人仍然无知、无意识
宗教改革与现代化必须融入理性与逻辑
如果正统派中的聪明人不进行改革，就会遭受毁灭

81. 宗教需要尽早改革

他们曾经为了满足上帝的仁慈而牺牲人类
英国制定法律，禁止以神的名义进行活人祭祀
但寺庙和神社里仍然在继续用动物献祭
有些有动物血液的女神也喜欢喝葡萄酒
寡妇纵火杀人的制度也被废除
但在饮食习惯上有一些限制
他们很早就和英国人一样意识到了改变是必要的
这就是为什么接受国家宗教分裂的原因
正统派的人们现在没有粮食和钱来偿还贷款
正统宗教国家可能很快就会崩溃
在文明的进化中，只有适应变化的人才能生存
正统派应该转变态度，变得积极起来
以宗教为名的战争在本世纪不应发生
为了改革和教育，宗教人士应该组成团体。

82. 谁对和平负责？

人类社会如此复杂的生态系统
自古以来，冲突和战争就是常态
那里的和平共处会如何，没人能说得准
一点小火花就足以引发争端，造成数千人死亡
一场世界大战可以毫无理由地轻易夺去数百万人的生命
谁对和平负责，俄罗斯、美国还是以色列
或者控制所谓和平宗教的宗教领袖
普通人无处可去，只有掩体可以拯救生命
联合国现在只是一只没有生命的纸老虎
普通人对宗教和国家领土都疯狂
在遥远的未来，和平与冲突解决也充满希望
也许后代会把冲突视为生活的一部分
在污染和大自然的肆虐下，他们必须生存下去。

83. 不要追逐幸福

不要追逐蝴蝶，捕捉它并欣赏它的美丽
有时在花园里静静地坐着，自由地欣赏它们
突然，它们中的一个飞过来，停在你的肩膀上
如果你试图抓住它，它很快就会飞走
所以，还是享受蝴蝶静默的美吧
幸福都差不多，追也追不上
如果你做一件小事并乐在其中，幸福就会来临
看电影可能比买东西更让你快乐
了解你的爱好和喜好，你真的很享受
幸福从来都不是一条没有起伏的直线
没有悲伤和困难的时刻，幸福就不会在身边
没有适合所有人的完美幸福指数
你自己的心态和态度只能给你带来快乐的呼唤。

84. 女朋友

她有多美，你只能感觉到
她的蓝眼睛的美丽无法用语言形容
除了你没人能欣赏她的芬芳
她柔软得像春天九月的露珠
在全世界，她是少数几个人中最好的
然而突然之间，一天之内一切都变了
因为她还管理与他人的关系
朋友中存在第三者是不可接受的
三人关系变得不稳定
生命中最重要的人变得无法忍受。

85. 爱

爱情有时是蝴蝶，有时是眼泪
关系时而潮湿时而干燥
爱情里晴天和雨天来得太频繁
但人际关系，小小的争吵可能会让关系陷入困境
人们来来去去，生活如同白天和黑夜一样
人生真爱如满月，永远明亮
当爱情像美丽的风筝在天空高高飞扬
牢牢、熟练、紧紧地握住你的绳子
一个小错误可能会扯断琴弦
它会独自飞翔并成为不可阻挡的战士之王。

86. 我很担心，你呢？

改变的不仅仅是气候和环境
人类的思想和心态已经发生了转变
我们是在变得更好还是变得更坏？
这种进步是为了发展还是破坏自然？
为什么会因人为的边界和破坏而发生冲突？
砍伐森林和进行建设是否有必要？
但我很困惑，找不到任何切实可行的解决方案
人口增长与发展的双刃剑
切割地球母亲和自然，让它们不断流血
沙漠遭遇前所未有的降雨和洪水
雨林丛林和动物栖息地变得干燥
人兽冲突是谁创造的，大家都知道
然而我们没有方法、手段和态度去拯救自然
我担心未来气温升高会发生什么
海平面上升和毁灭性的降雨将改变人类的生活和文化。

作者作者

德瓦吉特·布扬

DEVAJIT BHUYAN，职业为电气工程师，也是一位诗人、一位发自内心的作家，能够熟练地用英语和他的母语阿萨姆语创作诗歌和散文。在过去的 26 年里，他撰写了 74 多本书，由不同的出版商以 45 多种语言出版。他用各种语言出版的书籍总数已达 207 本，并且每年都在增加。Devajit Bhuyan 的儿童书籍和漫画在儿童和成人中非常受欢迎。

要了解有关他的更多信息，请访问 *www.devajitbhuyan.com* 或查看他的 YouTube 频道 *@careergurudevajitbhuyan2024* 。

www.ingramcontent.com/pod-product-compliance
Lightning Source LLC
LaVergne TN
LVHW041537070526
838199LV00046B/1709